COURAGE Nako! 2

Aya Nakahara

RETROUVEZ TOUS LES DÉTAILS DE L'HISTOIRE DANS LE TOME 1 DE COURAGE NAKO ! ❤

RÉSUMÉ

NAKO A AIDÉ SA SŒUR DANS SA QUÊTE DU BONHEUR EN INTERROMPANT LE MARIAGE ARRANGÉ D'HARUKI HAYAMI DONT ELLE ÉTAIT AUSSI AMOUREUSE... PAR HASARD, ELLE SE RETROUVE DANS LA MÊME CLASSE QUE KONATSU, LE PETIT FRÈRE DE HARUKI. CE DERNIER AYANT UN FORT CARACTÈRE, LUI ET NAKO SE CHAMAILLENT DE SUITE. ET POURTANT, ILS VONT DEVOIR SE SUPPORTER PUISQU'À CAUSE DE L'ANNULATION DU MARIAGE, LA FAMILLE HAYAMI FAIT FAILLITE ET LES PARENTS DE NAKO, SE SENTANT RESPONSABLES, DÉCIDENT D'HÉBERGER KONATSU. AINSI COMMENCE LA HOULEUSE COHABITATION DE KONATSU ET DE NAKO... UN JOUR, ILS SE RETROUVENT À VENDRE DES *BENTO** DANS UN PARC POUR LE *HANAMI***. C'EST L'OCCASION POUR NAKO DE DÉCOUVRIR QUE KONATSU N'EST PAS SI MAUVAIS QUE ÇA, CE QUI LA SURPREND... D'AILLEURS, LORSQU'IL JOUE DE LA GUITARE DEVANT LES VOISINS VENUS FÊTER LE *HANAMI*, ELLE RESSENT UN PETIT PINCEMENT AU CŒUR...

* PANIER-REPAS. ** VOIR CLÉ DE COMPRÉHENSION (6) DU TOME 1.

COURAGE Nako!

BONJOUR
TOMMI

VOUS AVEZ CHOISI ?
OOOH, MAIS IL EST NOUVEAU CE SERVEUR !
ON M'EN AVAIT PARLÉ, C'EST VRAI QU'IL EST BEAU GARÇON !
OH OUIII, IL EST VRAIMENT MIGNON !
Ha ha ha
UN PEU TROP JEUNE POUR TOI !!
Non mais !
EST-CE QUE VOUS AVEZ UNE PETITE COPINE ?
HEIN ?
TU ES SÉRIEUSE ?! T'AS VU TON ÂGE !
J'AI ÉTERNELLEMENT DIX-SEPT ANS !!
C'EST POUR ÇA QUE TA FILLE DIT QUE TU CRAINS !
HA HA HA HA HA
POUR LÀ-BAS… DEUX SPAGHETTIS À LA NAPOLITAINE ET UN RIZ CANTONNAIS
ÇA MARCHE, MERCI
HA HA HA HA
Ha ha ha
DIS DONC, QUEL SUCCÈS, KONATSU !
TU PARLES, ELLES ONT L'ÂGE DE MA GRAND-MÈRE…

LORS DU HANAMI, KONATSU A BEAUCOUP PLU À NOTRE VOISINAGE
MAINTENANT, IL TRAVAILLE DANS LE RESTAURANT DE MES PARENTS
EST-CE QUE TU VAS DEVENIR MUSICIEN, KONATSU ?
NON, JE NE PENSE PAS
MOI, JE L'AI ÉTÉ, IL Y A LONG-TEMPS
SANS BLAGUE ?
MAIS SI, JE T'ASSURE, J'AI MÊME SORTI UN DISQUE ...
AVEC MES SOUS !
J'AI JUSTE PERDU UN PEU D'ARGENT EN FAIT
HA HA, TROP DRÔLE !
NAKONATSU !
C'EST PRÊT !

J'ARRIVE !
QUOI ?
“J'AR-RIVE !” ...
DIS DONC, T'ES EN FORME, TOI !
...
C'EST BON, JE ME SUIS JUSTE UN PEU EN-FLAMMÉ
JE PENSE QU'IL S'HABITUE DE PLUS EN PLUS À VIVRE ICI
ÇA ME FAIT PLAISIR
Tiens
C'est pour là-bas ?

BONJOUR !
SALUT !
OH NON ...
SYMPA, LE NOUVEAU SERVEUR ...
TU T'ES VUE, TOI ?!
On ne rentre pas dans un resto avec un gâteau à la main
REGARDE KONATSU, JE SUIS VENU AVEC UNE CLIENTE !
UNE CLIENTE ?
OUI !
JE TE PRÉSENTE KAEDE

OH ...
COMME ELLE EST BELLE !!
KONATSU, ÇA FAIT SI LONGTEMPS !
QU'EST-CE QUE TU ES VENUE FAIRE ICI ?
HM ?

J'ÉTAIS EN TRAIN DE FAIRE DU SHOPPING QUAND J'AI RENCONTRÉ SHUN
T'AS DU TEMPS À PERDRE, DIS DONC
AH OUI ?
MAIS ...
KONATSU !
JE VOUS EN PRIE, ASSEYEZ-VOUS
MERCI
ALLEZ KONATSU ! ELLE EST VENUE EXPRÈS POUR TOI
SERS-LUI DU THÉ
T'AS QU'À LE FAIRE TOI-MÊME
ALORS ...
MAIS C'EST POUR TOI QU'ELLE EST VENUE !

BLUSH
NAA-AAA-ANN!!
driiinnng
driiinnng

ELLE FAISAIT PARTIE DU CLUB DE MUSIQUE QUAND ON ÉTAIT AU COLLÈGE
C'EST GRÂCE À ELLE QUE KONATSU A PU ENTRER DANS LE CLUB !
AH OUI ?! C'ÉTAIT UN COUP DE FOUDRE ALORS ?!
BIEN SÛR QUE NON !
ARRÊTE DE RACONTER N'IMPORTE QUOI, TOI !
KAEDE-SEMPAI(1) JOUE TRÈS BIEN DE LA GUITARE
N'EST-CE PAS ?
...
SALLE DE MUSIQUE
KONATSU, C'EST QUOI CE SON ?
DE LA GUITARE ?

DYUINNNNNNNN
DYUUINNNNNNNN
DYUNNNNNNN
DIN
fiuuu

HI HI
VOUS AIMEZ LA GUITARE ?
AH OUI ?
DONC C'ÉTAIT BIEN UN COUP DE FOUDRE !
MAIS JE T'AI DÉJÀ DIT QUE JE NE SUIS PAS AMOUREUX D'ELLE !!
FAIS PAS TON TIMIDE, P'TIT PUCEAU
OUI ! ET PUIS ON PEUT T'AIDER, NOUS
M'AIDER ?!

C'EST KAEDE SON NOM, C'EST BIEN ÇA ? ELLE A UN PETIT AMI ?
NON ...
MAIS ELLE CHERCHE !
AT-TENDS ...
COMMENT TU SAIS ÇA, TOI ?
NE ME DIS PAS QUE TOI AUSSI TU AIMES KAEDE ?!
SI, ENFIN ... EN TANT QUE *SEMPAI* ...
"TOI AUSSI" ...
IL A BIEN DIT "TOI AUSSI" ?!
BON BAH, ON EST FIXÉS
TU VEUX QUE JE TE DONNE SON NUMÉRO DE PORTABLE ?
MAIS COMMENT ÇA SE FAIT QUE TU AS SON NUMÉRO ?!
?
BEN, JE LUI AI DEMANDÉ, TOUT SIMPLEMENT
MAIS NON ! C'EST PAS SI SIMPLE QUE ÇA !
NOR-MA-LE-MENT !!

CE QU'IL EST MIMI
JE NE M'ATTEN-DAIS PAS À CE QU'IL SOIT SI SENSIBLE
LA FERME !!
JE COMPTE SUR VOUS POUR NE PAS VOUS MÊLER DE ÇA !!
BAM!
ALORS C'EST ELLE ...
QUE KONATSU AIME
OUI ...

JE L'AVAIS DÉJÀ REMARQUÉ IL Y A LONGTEMPS, MAIS ...
VOUS AVEZ VU CE QUI SE PASSE LORSQU'ON LUI EN PARLE ...
IL N'EST JAMAIS SORTI AVEC UNE FILLE, N'EST-CE PAS ?
NON ...
IL EST TRÈS TIMIDE AVEC LES FILLES
D'AILLEURS, IL N'A JAMAIS BEAUCOUP PARLÉ À KAEDE-SEMPAI
OUI, ÇA SE VOIT
AH, JE ME DEMANDE COMMENT IL FAIT POUR ARRIVER À SE COMPORTER NORMALEMENT AVEC TOI, NAKO
JE PENSE QUE TU DOIS ÊTRE DIFFÉRENTE DES AUTRES FILLES
HEIN ?
AH BAH ÇA FAIT PLAISIR, ÇA ...
EN FAIT ...
MOI AUSSI JE VEUX L'AIDER ! ON ENCOURA-GERA KONATSU ENSEMBLE !

* LES JAPONAIS S'ENVOIENT PLUS SOUVENT DES MAILS AVEC LEUR PORTABLE QUE DES S.M.S.

DÉGAGE DE LÀ !!
J'AI LE NUMÉRO DE KAEDE ...
ÇA NE T'INTÉRESSE PAS ?
...
QUEL DOMMAGE ...
JE L'EFFACE, ALORS
ATTENDS !!
CONNEXION INFRAROUGE
TU LUI ENVOIES UN MAIL TOUT DE SUITE ?
NON
MAIS SI, IL LE FAUT !
TU M'AS TRAITÉE DE TROUILLARDE TOUT ÇA PARCE QUE J'ÉTAIS PAS CAPABLE DE DÉCLARER MON AMOUR !
MAIS FRANCHEMENT, TU T'ES PAS REGARDÉ !

EH, J'Y VAIS À MON RYTHME, O.K. ?!
J'AI PAS BESOIN DE TON AIDE ! JE PEUX TRÈS BIEN ME DÉ-BROUILLER TOUT SEUL !
J'EN CROIS PAS UN MOT ...
T'AS MÊME PAS RÉUSSI À LUI DEMAN-DER SON NUMÉRO DE TÉLÉPHONE
FOUS-MOI LA PAIX !!
HEIN ?
TA FAMILLE A FAIT FAILLITE À CAUSE DE MOI ...
JE NE TIENS PAS À GARDER CE RÔLE ...
J'AIMERAIS JUSTE TE RENDRE SERVICE, DE TEMPS EN TEMPS ...
ARRÊTE ...
JE SAIS TRÈS BIEN QUE ÇA T'AMUSE DE FAIRE ÇA
MAIS NON ! JE T'AS-SURE !

1

Bonjour !
Merci de tenir ce tome 2 entre vos mains.
Je voudrais vous raconter ma vie, mais je dois vous avouer que ça va faire deux semaines que je n'ai pas mis les pieds dehors !
J'ai vraiment trop de boulot.
Mince alors !
Quand je termine mon travail, je devrais peut-être me dire : "Ouais ! Je vais sortir m'amuser !!"
Mais non, en fait je reste chez moi devant un DVD, un livre, ou un jeu vidéo...
Je suis une vraie "no life".
Ha ha !
Donc désolée, je n'ai rien du tout à vous raconter...

NE SERAIT-IL PAS PLUS HEUREUX ...
S'IL SORTAIT AVEC LA FILLE QU'IL AIME ?
J'ai la dalle, moi !
JE VEUX TE VOIR ...
SOURIRE, KONATSU ...
NAKO ?
OUI ?

J'AI DEUX BILLETS POUR LE PARC D'ATTRACTIONS
TU LES VEUX ?
OH OUI ! MERCI BEAUCOUP !
LE PARC D'ATTRACTIONS ?
OUI, TU POURRAIS Y ALLER AVEC KAEDE ?!
MAIS C'EST IMPOSSIBLE, IDIOTE !!
ET POURQUOI PAS ?
ON NE SE VOIT QU'AU LYCÉE
ON NE PEUT PAS TOUT À COUP ALLER ENSEMBLE AU PARC D'ATTRAC-TIONS !
TU N'AS QU'À LUI DIRE QUE TU AS DES BILLETS EN TROP !
TU VOIS, Y A RIEN DE PLUS NATUREL !!
MAIS ...

HEIN ?!
JE N'AI PAS LA TÊTE À ÇA EN CE MOMENT !!
POULE MOUILLÉE
QUOI ?!
C'EST VRAI, TU N'OSES MÊME PAS LUI ENVOYER UN MAIL
ALORS L'INVITER AU PARC D'AT-TRACTIONS ...
JE SUIS DÉSOLÉE DE T'AVOIR SURESTIMÉ ...
MON PETIT KONATSU
AAAARGH
O.K. ÇA VA, J'AI COMPRIS ! JE VAIS L'INVITER !!
OH ...
MAIS IL NE FAUT PAS TE FORCER, MON PETIT KONATSU !
JE ME FORCE PAS DU TOUT, JE TE SIGNALE !!

AH OUI ?
BON, LAISSE-MOI MAIN-TENANT !!
JE ME DEMANDE BIEN CE QUE TU VAS LUI DIRE
BAH ... "ÇA TE TENTE LE PARC D'AT-TRACTIONS ?"
bip bip
OUAH !
TU TE PRENDS DÉJÀ POUR SON MEC ?
QUOI ?!
JE DOIS LUI DEMANDER COMMENT ALORS ?
TU DEVRAIS ÊTRE PLUS COOL
EN PLUS, C'EST LA PREMIÈRE FOIS QUE TU LUI ÉCRIS, NON ?
ÇA VEUT DIRE QUOI EXACTEMENT, "COOL" ?
BEN, PAR EXEMPLE ...
...
EN FAIT ...

MAIS NON, IL FAUT D'ABORD LA SALUER !
"YO, C'EST MOI KONATSU !"
TU DÉCON-NES ?!
Euh ...
bip
bip
... KONATSU ...
TU ES BEL ET BIEN AMOU-REUX DE KAEDE !
SHUN M'A DONNÉ TON NUMÉRO. J'AI DES BILLETS POUR LE PARC D'ATTRACTIONS. SI ÇA TE TENTE, ON POURRAIT Y ALLER ENSEMBLE.
KONATSU
"EN-VOYER" !
bip
HEIN ?!
MAIS !
OUI, C'EST PAS MAL ÇA
C'est bref ...
HI HI

T'ES FOLLE OU QUOI ?! TU L'AS VRAIMENT ENVOYÉ !!
BAH, SINON IL SE PASSERA JAMAIS RIEN !
OUI, MAIS ...
TILULI ♪
OUA-AAH !
SHAF
QUOI ?
ELLE T'A DÉJÀ RÉPONDU ?!
IM-POS-SIBLE ...
C'EST BEAUCOUP TROP RAPIDE
VAS-Y, REGARDE ...
NON, TOI, REGARDE !
POURQUOI MOI ?
OUI ...
MAIL 1 RÉCEPTION
BO BOM
BO BOM
BO BOM

From KAEDE
Sub Re:
D'ACCOOOOOORD
KYA-AA !!
C'EST GÉNIAL !!
...
TU TE RENDS COMPTE ?!
ÇA VEUT DIRE QUE ÇA VA PEUT-ÊTRE MARCHER ENTRE VOUS !
...
OUI ...

MAIS KONATSU, TU TREM-BLES ?!
TU AS PEUR ?
NON !
JE M'Y ATTENDAIS PAS, C'EST TOUT !
HA HA HA !
TROP DRÔLE !
Y A RIEN DE DRÔLE !
Hi hi hi hi hi
...
JE SUIS SURPRISE ...

... IL EST DRÔLEMENT MIGNON, KONATSU, QUAND IL EST AMOUREUX ...
EN PLUS ...
JE NE SUIS JAMAIS ALLÉ AVEC UNE FILLE DANS UN PARC D'ATTRACTIONS ...

GOOO
AVANT TON RENDEZ-VOUS, IL FAUT D'ABORD FAIRE UN REPÉRAGE DES LIEUX !
KYAAA
EN FAIT, C'EST SURTOUT POUR TOI QU'ON EST VENUS ...
ARRÊTE, TU SAIS BIEN QUE JE FAIS ÇA POUR T'AIDER
HEIN ?
FINAL
BON, ÉCOUTE-MOI BIEN ...
AUJOURD'HUI, TU VAS FAIRE COMME SI J'ÉTAIS KAEDE !
TU M'EN DEMANDES UN PEU TROP, LÀ ...
...
QUOI ?!
AH ...
KONATSU, REGARDE !
TAP
QUOI ?

KYAAAAAA
AAAAH
KYAAAAAAA
AAAAAH
SPLASH
KYAAAAAA
C'ÉTAIT TROP BIEN !!
VITE, ON FAIT LE SUIVANT !!
NAN ... ÇA SUFFIT POUR MOI ...
DÉJÀ ?!
Mort ...
TROP NUL, KONA-TSU
TROP PAS MAR-RANT
...
TU IMITES QUI, LÀ ?
BAH, KAEDE !

...
ELLE N'EST PAS COMME ÇA
KONATSU ...
ALORS COMMENT ELLE EST KAEDE ?
COMMENT ...
ELLE JOUE BIEN DE LA GUITARE, C'EST ÇA ?
MIEUX QUE TOI ?
...
NON, JE JOUE MIEUX QU'ELLE
AH OUI ?
ET QU'EST-CE QUI TE PLAÎT CHEZ ELLE ?
...

AU COLLÈGE, ELLE M'A OFFERT UNE GUITARE ...
AH BON ?
QUELQU'UN AVAIT CASSÉ LA MIENNE ...
ET ELLE M'EN A OFFERT UNE POUR LA REMPLACER
"C'EST NUL DE T'AVOIR FAIT ÇA"
"SI TU VEUX, JE PEUX TE DONNER LA MIENNE"
C'EST LA GUITARE QUE TU AS EN CE MOMENT ?!
OUI ...
AH !
ELLE EST GENTILLE, ALORS ...
KAEDE

BON, ÇA SUFFIT !
ALLEZ, ON Y VA !
JE VEUX PLUS FAIRE DE MONTAGNES RUSSES, MOI !
ON POURRAIT ALLER LÀ ...
MAISON HANTÉE
OU PAS ...

POF
ATTENDS ...
ET POURQUOI PAS ?
J'AI L'IMPRESSION QUE KONATSU A PLUSIEURS FACETTES ...
QUE JE NE CONNAIS PAS ENCORE
YAAAAAH!!

KYAAA !!
NOOON, À L'AIDE !!
KONATSU !!
KONATSU ?!
T'ES OÙ ?
cui
cui
merci de votre visite
Sortie
PASSAGE INTERDIT
... MINCE ...
AAAAAAH !!
AU SE-COURS !!

POF
AAUUU... SE-COOOUUURS !!
KO-NATSU !! T'ES OÙ ?!
C'EST MOI !
IDIOT !!
JE SUIS LÀ !!

JE SUIS LÀ, JE TE DIS
HEIN ...
Haaa
NE ME TRAITE PAS D'IDIOT ...

OUAH !
QU'EST-CE QUE TU FAIS ?!
MAIS ...
POURQUOI ...
OUIIIN
POURQUOI TU M'AS ABANDONNÉE ?!
J'ÉTAIS MORTE DE TROUILLE !!
IL JOUE LES DURS, IL PARLE MAL ...
PARFOIS, IL N'EST PAS GENTIL ...

MAIS PARFOIS, IL L'EST ...
POF
JE SUIS DÉSOLÉ

QUI EST LE VRAI KONATSU ?
Ha Ha Ha Ha Ha
TU VAS RIRE COMME ÇA ENCORE LONGTEMPS ?!
J'Y PEUX RIEN ...
JE T'AVAIS DIT QUE JE N'AIMAIS PAS ÇA !!
C'ÉTAIT VRAIMENT TROP DRÔLE
TOUT ÇA ...
POUR UNE MAISON HANTÉE !
TROP DRÔLE !
MOI AUSSI C'ÉTAIT LA PREMIÈRE FOIS ...
QUE J'ALLAIS DANS UN PARC D'ATTRACTIONS AVEC UN GARÇON

ÇA DOIT ÊTRE POUR ÇA QUE TOUT À L'HEURE ...
J'AI EU UN PETIT PINCEMENT AU CŒUR
HEZ YOSHINO

SHLAC
KONATSU ?
TU PEUX PRENDRE TA DOUCHE ...
ZZZ
IL DORT ...

"ELLE M'A OFFERT UNE GUITARE..."
J'ESPÈRE ...
QUE ÇA SE PAS- SERA BIEN AVEC KAEDE ...
CLAC

TU AS UN RENDEZ-VOUS ?!
STAR
Jet

TU LEUR AS DIT ?!
BIEN SÛR
MAIS T'ES FOLLE !!
POURQUOI ?
C'EST TOUJOURS MIEUX D'AVOIR PLEIN DE SUP-PORTERS !
C'EST LA JOLIE FILLE QUI EST VENUE AU RESTO ?
J'AVAIS BIEN REMARQUÉ QU'IL SE PASSAIT QUELQUE CHOSE !
BRAVO KONATSU !
T'es trop fort, Konatsu !
MAIS NON !
VOUS N'AVEZ PAS INTÉRÊT À RAMENER DE FILLES À LA MAISON ...
ÇA M'EMPÊCHERAIT DE TRAVAILLER
MAIS BIEN SÛR QUE NON !
FAIS PAS ATTENTION À NOUS !
MAIS ARRÊTE !
FAIS PAS TON TIMIDE

KONATSU A UN RENDEZ-VOUS ...
AVEC KAEDE
miaou
OOOH ...
C'EST DIMANCHE PROCHAAAIIIN
BON, ÇA SUFFIT ...
O.K. ! IL VA FALLOIR PRÉPARER UNE STRATÉGIE !
HEIN ?
À L'ATTAQUE !
KONATSU, SI TU AS L'OCCASION D'ÊTRE HEUREUX ...

* : ENVIRON 17 500 EUROS.

C'EST ...
AAAAH!!
TAP
TAP
ZWIT
SOURIRE
HUM ...
C'EST QUOI ÇA ?

...
DES DETTES ...
DES INVESTISSEMENTS SONT NÉCESSAIRES LORSQUE L'ON TIENT UN RESTAURANT
POURQUOI VOUS NE M'AVEZ RIEN DIT ?
ON NE VOULAIT PAS T'INQUIÉTER
DEUX MILLIONS DE YENS !
BIEN SÛR QUE ÇA M'INQUIÈTE !!
NE T'EN FAIS PAS, ÇA VA S'ARRANGER !
PAPA ET MAMAN VONT RÉGLER TRANQUILLEMENT CE PETIT SOUCI
PETIT SOUCI ?
VOUS PLAISANTEZ OU QUOI ?!
...
NE T'EN FAIS PAS !!
OUI !
MAIS C'EST QUOI CETTE POSE ?!

JE T'ASSURE, TOUT SE PASSERA BIEN
VOUS N'AVEZ PAS À VOUS EN SOUCIER
MAIS ... MOI ...
OH, MAIS ÇA IRA, KONATSU !
VOUS ÉTIEZ VENUS PREN-DRE QUELQUE CHOSE, NON ?
VOTRE GOÛTER ?
SHAF
DES DETTES ...

KONATSU, OCCUPE-TOI UNIQUEMENT DE KAEDE ...
D'AC-CORD ?
J'ESPÈRE QUE ÇA VA S'ARRANGER
C'EST FACILE DE DIRE ÇA, MAIS ...
NO PRO-BLEMO !
HAKUNA MATATA(2) !
TU ME FAIS PEUR
driiinnng
driiinnng
pff
N'EMPÊCHE, JE NE SAIS MÊME PAS CE QUE JE DOIS FAIRE ...

2

Je vais souvent au cinéma en ce moment. La dernière fois, mes parents et moi y sommes allés et on a tous regardé un film différent, puis on s'est retrouvés après au resto. Mon père n'arrêtait pas de rigoler en pensant à son film. Il a même commencé à avoir les larmes aux yeux. C'est devenu contagieux et ma mère et moi avons aussi commencé à rigoler. On se marrait tout seuls dans un restaurant bien calme. J'arrivais même pas à manger mon dessert et à la fin, j'avais mal au ventre. Mais au fait, je me souviens même plus de ce qui était si drôle...

* ENVIRON 82,63 EUROS. ** LA VIANDE DE KOBE EST RÉPUTÉE POUR ÊTRE LA MEILLEURE DU JAPON.

NE M'IGNORE PAS DE LA SORTE ...
SINON JE VAIS ME METTRE À PLEURER
EUH ... QU'EST-CE QU'IL Y A ?
OUI OUI, ALORS ...
HEIN ?
LES FRAIS D'INSCRIPTION ?
TU ES LA SEULE À NE PAS LES AVOIR ENCORE RÉGLÉS
IL FAUDRA QUE TU LE RAPPELLES À TES PARENTS
QUOI ...
C'EST CHAUD ÇA, NON ?

T'AS PAS DE SOUCI À TE FAIRE, TES PARENTS ONT DÉJÀ TOUT PAYÉ
JE NE PARLAIS PAS DE MOI ...
LE PROBLÈME, C'EST MON PETIT FRÈRE
TON FRÈRE ?
OUI, IL EST EN TROISIÈME ET IL PASSE BIENTÔT SES EXAMENS
LE PETIT ARROGANT À LUNETTES ?
OUI, C'EST ÇA
IL AIMERAIT PRENDRE DES COURS PARTI-CULIERS ...
MAIS VU QU'IL FAUT PAYER MES FRAIS D'INS-CRIPTION ...

NE REFAIS PAS DE BÊTISES
HEIN ?
COMME INTERROMPRE DES MARIAGES, COMMENCER DES EMBROUILLES ...
QUAND ON Y PENSE, TU TE RETROUVES SOUVENT DANS LE PÉTRIN
COMMENT ÇA ? TU T'IN-QUIÈTES POUR MOI ?
MAIS ...
PAS DU TOUT !
À CHAQUE FOIS QUE T'AS DES ENNUIS, C'EST SUR MOI QUE ÇA RETOMBE ! JE M'INQUIÈTE PAS POUR TOI, MAIS POUR MOI !

BREF ! ET PUIS ARRÊTE DE SQUATTER MA CHAMBRE !
AU MOINS ...
TU T'ENNUIES PAS AVEC MOI !
ÇA C'EST SÛR, TU ME SOÛLES TOUT LE TEMPS !
IL VAUDRAIT MIEUX POUR TOI QUE TU NE DISES PAS CE GENRE DE CHOSES ...
HEIN ?

SINON, J'ENVIE ÇA À KAEDE
Quand est-ce que t'as pris cette photo ?!
Hi hi hi
IL EST VRAIMENT DIFFICILE À COMPREN-DRE
MAIS AU MOINS ...
JE SAIS QU'IL S'IN-QUIÈTE POUR MOI
Sur ce ...
FAIS DE BEAUX RÊVES !
FOUS LE CAMP !!

MERCI ...
HIRO !
OUAH ! T'ES TROP SÉRIEUX, TU BOSSES ENCORE ?
BAM
TU FAIS TROP DE BRUIT
LA PLAIE VIENT JUSTE DE S'ENDORMIR, ALORS NE LE RÉVEILLE PAS ...
ZZZ
OUPS !
T'AS BESOIN QUE JE TE DONNE UN COUP DE MAIN ?
ON PEUT PAS DIRE QUE TU SOIS UN MODÈLE D'INTELLIGENCE, DONC ÇA IRA
JE PENSE TOUT DE MÊME ÊTRE PLUS INTELLIGENTE QUE KONATSU ...
COMPARÉ À LUI, TOUT LE MONDE A L'AIR D'ÊTRE UN GÉNIE
...

TU VAS PRENDRE UN PROF PARTICULIER ALORS ?
SI JE PEUX, OUI ...
JE VOUDRAIS ALLER À L'UNIVERSITÉ
OUAH ! RESPECT
C'EST NORMAL ...
L'ARGENT EST UNE DENRÉE RARE CHEZ NOUS
DONC EN TANT QU'AÎNÉ, JE DOIS POUVOIR SUBVENIR AUX BESOINS DE LA FAMILLE PLUS TARD
ON SE PREND DÉJÀ POUR UN ADULTE, HEIN ?
MENTALEMENT, J'AI DÉJÀ SOIXANTE ANS
Y a que des incompétents autour de moi
PFF...

CELUI-LÀ ...
C'EST SÛR, IL RÉUS-SIRA DANS LA VIE
CHEZ YOSHINO
POUR MA FA-MILLE ...
POUR MON FRÈRE ...
J'Y VAIS !
NAKO, TON DÉJEUNER !
MERCI
MAMAN ...
OUI ?

NON ...
RIEN ...
IL NE ME RESTE PLUS QU'UNE SEULE CHOSE À FAIRE !!
EH, ATTENDS !
POF
QU'EST-CE QUE TU MIJOTES ?
RIEN !
T'AS PAS LA TÊTE DE QUELQU'UN QUI VA "RIEN" FAIRE !
T'IN-QUIÈTE PAS
JE NE T'ATTIRERAI PAS D'EN-NUIS

KONATSU ...
SOIS HEUREUX AVEC KAEDE
ring ring
Shaaa
MAIN-TENANT ...
À MOI DE JOUER !
MON-SIEUR ...
OUI ♡
J'AI À VOUS PARLER

NAKO ...
QU'EST-CE QUE ÇA VEUT DIRE ? TU COMPTES ARRÊTER L'ÉCOLE ?!
T'ES DÉJÀ AU COURANT ?
SPLURT

JE VIENS D'AVOIR UN COUP DE FIL DE TON PROF
ÇA VEUT DIRE QUOI TOUT CE BARATIN ?
JE PENSAIS TE LE DIRE UNE FOIS QUE CE SE-RAIT FAIT
TU SAIS ...
JE NE COMPTE PAS ALLER À L'UNIVERSITÉ
DONC JE ME DISAIS QUE JE POURRAIS COMMENCER À TRAVAILLER
MAIS POURQUOI SI SOUDAI-NEMENT ?
VOUS NE POUVEZ PAS PAYER MES FRAIS DE SCOLARITÉ, N'EST-CE PAS ?
BIEN SÛR QUE NOUS POUVONS LES PAYER !
J'AVAIS JUSTE OUBLIÉ LA DATE LIMITE !!
CHÉRIE, CALME-TOI ...
MÊME SI TU ARRIVES À PAYER CEUX-CI, TU N'ARRIVERAS PAS À PAYER LES SUIVANTS, DE TOUTE MANIÈRE !
Mince
Mince
NE DIS PAS DE SOTTISES !!

C'EST PAS GRAVE, T'ES PAS OBLIGÉE DE TE FORCER
DE TOUTE FAÇON, J'AI DÉJÀ DIT À MON PROF QUE J'ALLAIS ARRÊTER
SBAF

TU IRAS PARLER À TON PROFESSEUR DEMAIN
ET MOI, JE TRANS-FÉRERAI L'ARGENT
NAKO ...

... TU ES VRAIMENT STUPIDE
...
TCHAC
EH !
VA PRENDRE TA DOUCHE
...
OUI ...

J'ÉTAIS TRÈS SÉRIEUSE
J'AI PAS FAIT ÇA POUR M'AMUSER
JE PENSAIS VRAIMENT À MA FAMILLE ...
JE TE COMPRENDS
JE PATAUGE ET TOURNE EN ROND CONS-TAMMENT
TAN
C'ÉTAIT PAREIL AVEC MA GRANDE SŒUR
EN FIN DE COMPTE, JE NE SERS À RIEN ...

EXCUSEZ-MOI ...
JE VOUS AI RACONTÉ N'IMPORTE QUOI, HIER
C'EST BIEN CE QUE JE PENSAIS, MAIS ÇA M'A TOUT DE MÊME INQUIÉTÉ !
MONSIEUR ...
OUI ?
COMMENT EST-CE QU'ON GUÉRIT DE LA STUPIDITÉ ?
JE SUIS VRAIMENT BÊTE
BON, ON Y VA ?

NAAAN !! JE VEUX ALLER AU PARC D'ATTRACTIONS !!
MOI AUSSI JE VEUX ACCOMPAGNER KONATSU À SON RENDEZ-VOUS !
SI SA COPINE EST MOCHE, IL POURRA SORTIR AVEC MOI !!
VOUS M'AVEZ PROMIS DE VENIR FAIRE LES COURSES AVEC MOI ...
ALLEZ, TOI AUSSI
POURQUOI JE DOIS Y ALLER ...
KONATSU ...
TU DEVRAIS COMMENCER À TE PRÉPARER ...
POUR TON RENDEZ-VOUS ♡
...
Tout le monde parle de mon rendez-vous ...
OUI, J'Y VAIS
zioup...
ON DEVRAIT PEUT-ÊTRE FAIRE NOS ADIEUX ...
HEIN ?
DIS PAS DE BÊTISES !
BON, D'ACCORD ... BONNE CHANCE ALORS ...
NAKO ?

JE VAIS NETTOYER LES ÉTAGÈRES, VIENS ME DONNER UN COUP DE MAIN
O.K. ...
BON BAH, J'Y VAIS
Frotte
Frotte
FROUSH
...
MAMAN ET MOI, SEULES À LA MAISON ...
ÇA VA ÊTRE BIZARRE
SBLING

QUE ...
?!
MAMAN ! QU'EST-CE QU'IL Y A ?!

SHAF
T'AURAIS PAS VU MON PORTABLE ...
EH !!
RÉ-VEILLE-TOI !!
QU'EST-CE QUI SE PASSE ?
TAP
MAMAN ... MAMAN, ELLE ...
QUOI ?!
KONATSU ...
T'AS APPELÉ UNE AMBULANCE ?!
QU'EST-CE QUE JE VAIS FAIRE ? À CAUSE DE MOI ...
ET MES BÊTISES ...

MAMAN VA MOUR...
SAAF
RES-SAISIS-TOI !!
ELLE VA PAS MOURIR COMME ÇA !!
...
C'EST VRAI ...
NON ...
T'AS PAS ENCORE APPELÉ LES SECOURS ?!
O.K. !

PIIIN POOOON
...
C'EST JUSTE UN COUP DE FATIGUE
FATI-GUE ...
ON VA LA METTRE SOUS PERFUSION ET UNE FOIS RÉTABLIE, ELLE POURRA REN-TRER CHEZ ELLE

HA HA HA, JE SUIS DÉSOLÉE !
JE ME SUIS JUSTE ÉVANOUIE !
C'EST PAS DRÔLE !
AVEC L'ÂGE JE ME FATIGUE DE PLUS EN PLUS FACILEMENT
EXCU-SE-MOI ...
JE NE FAIS QUE DES BÊTISES
MAIS NON, C'EST MA FAUTE ...
TU ES PLUS INQUIÈTE POUR MOI QUE JE NE LE SUIS POUR TOI
POUR CE QUI EST DE L'ARGENT, JE M'EN OC-CUPERAI
T'ES SÛRE ?
J'AI EU UN PEU TROP DE SURMENAGE, CES DERNIERS TEMPS
DORÉNAVANT, JE PRENDRAI PLUS DE REPOS

C'EST VRAI ...
MERCI À TOI, KONATSU
Y A PAS DE QUOI ...
TON PÈRE VA BIENTÔT ARRIVER
MERCI ENCORE. VOUS POUVEZ RENTRER À LA MAISON, MAINTENANT

HEUREUSE-MENT QUE KONATSU ÉTAIT LÀ
SI J'AVAIS ÉTÉ TOUTE SEULE ...
JE NE SAIS PAS CE QUE J'AURAIS FAIT
KONATSU ÉTAIT LÀ ET ...
...

AAAAAH !!
QU'EST-CE QUE T'AS ?
ET TON RENDEZ-VOUS ?!
J'AI TÉLÉPHONÉ POUR LUI DIRE ...
QUE ÇA N'ALLAIT PAS ÊTRE POSSIBLE AUJOURD'HUI
!!
MAIS ...
TU AS ENCORE LE TEMPS D'Y ALLER MAINTENANT ?!
C'EST PAS GRAVE
ON POURRA FAIRE ÇA UNE AUTRE FOIS
MAIS ...
ÇA SERVIRAIT À RIEN D'Y ALLER MAINTENANT

...
PARDON ...
NE T'EN FAIS PAS
MAIS SI !
OUBLIE ...
JE SUIS DÉSOLÉE ...
JE NE TE CRÉE QUE DES PRO-BLÈMES
ON POUVAIT PAS LE PRÉVOIR ...
POURQUOI SUIS-JE AUSSI BÊTE ?
MOUAIS ... QU'EST-CE QUE J'EN SAIS, MOI ?

JE N'ARRÊTE PAS DE RÉPÉTER LES MÊMES ERREURS ...
JE TE PORTE MALHEUR
... C'EST PAS GRAVE, JE TE DIS
COMMENT CHANGER TOUT ÇA ?!
C'EST VRAI QUE TU FINIS SOUVENT PAR FAIRE DES BÊTISES ...
MAIS À LA BASE, ÇA PART TOUJOURS D'UNE BONNE INTENTION

JE N'AI JAMAIS RENCONTRÉ QUELQU'UN QUI SE DONNE AUTANT DE MAL POUR LES AUTRES ...
ET JE TE RESPECTE POUR ÇA
VRAIMENT ...
C'EST LA PREMIÈRE FOIS QU'ON ME DIT UNE CHOSE PA-REILLE

ME...
MER...
MERCI ...
HA HA !
T'EN FAIS UNE TÊTE !

JE ...
JE SUIS EN TRAIN DE TOMBER AM...

QU'EST-CE QUE JE VAIS FAIRE ...
VIS-JE ENCORE GAFFER ?
KONATSU !

KONATSU ...
JE M'IN-QUIÉTAIS, ALORS JE SUIS VENUE

NANACOROBIN

C'EST VRAI ...
KONATSU ...
EST DÉJÀ AMOUREUX DE QUELQU'UN
ET MOI, JE SUIS AMOUREU-SE DE KONATSU ...

PAM!!
MAIS QU'EST-CE QU'ELLE FABRIQUE ?
QUE ...
JE SUIS AMOUREUSE DE KONATSU ?
IL NE FAUT SURTOUT PAS QUE JE COMMETTE LES MÊMES ERREURS

ALLEZ, RESSAISIS-TOI, NAKO !
GNIII
CE N'EST QU'UNE ILLUSION !!
VAS-Y !!
MOTIVATION !!
QU'EST-CE QU'Y AAA !!
OUH LÀ, ÇA TOURNE PLUS TRÈS ROND, LÀ-BAS ...
ALORS C'EST DONC POUR ÇA QUE TU N'AS PAS PU VENIR
ÇA N'A PAS DÛ ÊTRE FACILE D'ACCOMPAGNER SA MÈRE À L'HÔPITAL
OUI, J'AI EU UNE DE CES FRAYEURS !
JE SUIS VRAIMENT DÉSOLÉE D'AVOIR GÂCHÉ VOTRE RENDEZ-VOUS ...

BAH, C'ÉTAIT BIEN UN RANCARD, NON ?
MAIS NON ...
SI ALLER DANS UN PARC D'ATTRACTIONS À DEUX N'EST PAS UN RENDEZ-VOUS, QU'EST-CE QUE C'EST ALORS ?
À DEUX ?
CHOPE
HM ?
NE DIS PAS QUE C'ÉTAIT UN RENDEZ-VOUS !!
HEIN ?
MINCE ! JE PENSAIS QU'ON ALLAIT AU PARC D'ATTRACTIONS TOUS ENSEMBLE !!
"TOUS ENSEMBLE" ?
OUI ! AVEC KONATSU, NAKO, SHUN ...
ET ... EUH ... LA FILLE UN PEU RONDE

ON ÉTAIT SUPPOSÉS Y ALLER QUE TOUS LES DEUX ?
MAIS POURQUOI DONC ?!
POU... POURQUOI ?
EH BIEN C'EST ÉVIDENT, KONATSU EST AMOU...
VIENS PAR LÀ, TOI !!
CHOPE
QU'EST-CE QU'IL Y A ?
MAIS QU'EST-CE QUE TU VAS RACONTER ? C'EST PAS À TOI DE FAIRE MA DÉCLARATION !!
SI TU COMPTES LUI DIRE UN JOUR, LE PLUS TÔT SERA LE MIEUX
MAIS T'ES COMPLÈTEMENT TIMBRÉE OU QUOI ?!

C'EST À MOI DE DÉCIDER DU MOMENT OÙ JE LE DIRAI
TU N'AS PAS À LE FAIRE À MA PLACE !
TOUT VA BIEN ?
OUI OUI
TRALALAN
SI JE N'AVAIS RIEN FAIT ...
IL N'AURAIT MÊME PAS EU SON RENDEZ-VOUS AU PARC D'ATTRACTIONS
"DÉCIDER DU MOMENT" ...
MAIS QUAND ?

DONC ON SE DIT À DIMANCHE PROCHAIN ?
CE SERA SYMPA !
ATTENDS ...
TU AURAIS PU AU MOINS CASER UNE PHRASE DU GENRE "J'AI HÂTE D'Y ÊTRE !!"
NAN, ÇA CRAINT TROP
CECI M'OUVRE LES YEUX ...
QUEL NASE ...
FINALEMENT, KONATSU N'EST PAS QUELQU'UN DE BIEN

IL N'A QU'À RAPIDEMENT SORTIR AVEC KAEDE ET ME FOUTRE LA PAIX
trr
trr
trr
STAP

* VOIR CLÉ DE COMPRÉHENSION (3) DU TOME 1. ** ENVIRON 1,50 EUROS.

MAIS QU'EST-CE QUE C'EST QUE CE TYPE ?!
EXCUSEZ-MOI, MAIS ...
ET QUI C'EST, LUI ?
BAH, C'EST UN MANCHOT EMPEREUR, ÇA SE VOIT PAS ?!
DIS PAS N'IMPORTE QUOI !!
UN PINGOUIN, ALORS ...
ÇA SUFFIT MAINTENANT ! POURQUOI VOUS ÊTES LÀ ?!
Intéressant ...
JE REVIENDRAI
VOICI MA CARTE DE VISITE
SSAT
MAIS ...
TU SALUERAS TES PARENTS DE MA PART ♡

trr
trr
trr
CLAC
PAS COOL, CE MEC ...
FRANCHEMENT ...
SI C'ÉTAIT PAS UN CLIENT, JE LUI AURAIS FILÉ UN COUP DE BOULE ...
BANQUE NICO NICO
HIKARU HOKUTO
BANQUE NICO NICO ?
TIENS, ÇA ME DIT QUELQUE CHOSE ...
...
AVERTIS
L'ÉCHÉANCE DU REMBOURSEMENT DE VOTRE PRÊT DE DEUX MILLIONS DE YENS* ARRIVE À SON TERME, NOUS VOUS DEMANDONS DE NOUS CONTACTER AU PLUS VITE.
BANQUE NICO NICO
AH

BAM !
C'EST LE CRÉANCIER !!
BEAU TRAVAIL, PRINCE !
C'ÉTAIT FACILE
CE RESTO EST UN VRAI TAUDIS
IL NE VA PAS TARDER À DÉPOSER LE BILAN
DANS CE CAS ...
DOIT-ON VRAIMENT LES POUSSER À LA FAILLITE ?
VROUM
OUI, ET ON VA LE FAIRE AVEC CLASSE
ARGH, JE PUE LE POISSON GRILLÉ, QUELLE HORREUR !!
snif
pshit pshit
VITE, LE PARFUM !
OUI !
ET PUIS ...
IL FAUT QU'ON SE RENSEIGNE SUR CE PETIT JEUNE QUI Y TRAVAILLE

3

Nous sommes déjà en décembre... Ça passe si vite un an. Je pensais que j'allais avoir pas mal de temps libre cette année. Alors en janvier, je m'étais acheté des manuels pour étudier afin d'obtenir un diplôme. Je me suis dit que ce serait bien d'avoir un diplôme. Et puis voilà, déjà décembre. Évidemment, je n'ai jamais ouvert les manuels. J'ai donc un diplôme de bonne à rien... Bonne à rien niveau un... L'année prochaine, j'obtiendrai peut-être le diplôme de niveau deux !

Ma motivation

ON NE PEUT PAS LUI DONNER L'ARGENT QU'ON N'A PAS !!
CE SERAIT INCROYABLE QU'IL ABANDONNE APRÈS ÇA ...
OUI, MAIS ...
JE NE VOUDRAIS PAS QUE MA MAMAN RETOURNE À L'HÔPITAL ...
CE CRÉANCIER EST UN GROSSIER PERSONNAGE ...
ON PEUT S'ATTENDRE À TOUT AVEC DES TYPES COMME LUI
ON POURRAIT DIRE LA MÊME CHOSE DE TOI ...
JE T'AI DÉJÀ DIT QUE JE M'EXCUSAIS !!
EN TOUT CAS ...
S'IL FAUT LE METTRE À LA PORTE, JE TE FILERAI UN COUP DE MAIN

HEIN ?!
C'EST UN VRAI CRÉANCIER ...
TOUTE SEULE, TU RISQUES D'AVOIR DES PROBLÈMES
NE TE FAIS PAS D'IDÉES ! JE FAIS PAS ÇA POUR TOI !!
MAIS POUR TA MÈRE ...
AH, O.K. ...

HI HI
MERCI QUAND MÊME !
UN CRÉANCIER ?
OUI, CHEZ MOI C'EST VRAIMENT TENDU EN CE MOMENT
ÇA M'EN A TOUT L'AIR ...
Bouffe ça, ça te remontera le moral
ET SINON, Y A DU NOUVEAU POUR LE RANCARD DE KONATSU ?
C'EST CE DIMANCHE
MÉGA BŒUF !!
BIDOCHE SNACK
MAIS KAEDE EST UN PEU CHELOU ...
VISIBLEMENT, ELLE NE S'ATTENDAIT PAS À Y ALLER TOUTE SEULE AVEC KONATSU

Haa ...
J'ESPÈRE QUE ÇA IRA ...
SI ÇA T'INQUIÈTE TANT QUE ÇA ...
T'AS QU'À Y ALLER POUR LES ESPIONNER ...
HA HA HA !
TRÈS DRÔLE
HO HO HO !
HA HA HA !
QU'EST-CE QUE KAEDE PENSE ...
DE KONATSU ?

On y va ?
Oui
ZIOUP
LES VOILÀ ! COMMENÇONS LA FILATURE !
TU NE CROIS PAS QU'ON RISQUE D'ÊTRE DÉMASQUÉS ...
PAS D'INQUIÉTUDE ! NOS DÉGUISEMENTS SONT PARFAITS !
C'EST PARTI !
TADAM
ON VA LES SUIVRE JUSTE UN PEU
J'ai plein de biscuits pour le goûter
Ah oui ?!

BAM !
ENTENDU ! NOUS COMMEN-ÇONS À LES SUIVRE !
OUAH, ÇA FAIT LONGTEMPS QUE JE NE SUIS PAS VENUE DANS UN PARC D'AT-TRACTIONS !!
ET TOI, KONATSU ?
J'Y SUIS VENU Y A PAS LONGTEMPS ...
AH OUI ? AVEC QUI ? UNE FILLE ?
NON

ZBIII !!
ÇA VEUT DIRE QUE JE NE SUIS PAS UNE FILLE POUR TOI ?!
AÏE !!
TU SAIS ...
COMME TU ES TOUJOURS DISTANT AVEC MOI ...
JE PENSAIS QUE TU NE M'AIMAIS PAS
SAAA
HEIN ?
ÇA M'A DONC FAIT TRÈS PLAISIR ...
QUE TU ME PROPOSES D'ALLER AU PARC D'AT-TRACTIONS

OH ! ON ESSAIE CELUI-CI, KONATSU ?
EUH ...
VIENS !
CHOPE
OUAH !

ILS ONT L'AIR DE BIEN S'ENTENDRE
SUPER ♡
ILS VONT SI BIEN ENSEMBLE

PFF, IL FAIT SON TIMIDE ...
HU HU
JE ME DEMANDE SI KAEDE EST AMOUREUSE DE LUI. ON DIRAIT BIEN ...
BOM
AH !
TOUTES MES EXCU-SES
ssst
C'EST RIEN ...

?
SAAT
QU'EST-CE QUE C'EST QUE CES GENS ?
UN PETIT SOURIRE !
FLASH
VOUS FAITES QUOI, LÀ ?
ON EST DEVENUS POTES AVEC LA MASCOTTE DU PARC D'ATTRACTIONS
À MOI MAINTENANT !
GÉNIAL ...
AH

MINCE !
BLA
BLA
ON LES A PERDUS !!
HEIN ?
OÙ ?!
OÙ ?!
OÙ ?!

JE ME DEMANDE BIEN OÙ ILS SONT PASSÉS
C'EST TROP GALÈRE, IL Y A TROP DE MONDE ICI
Haa ...
...
APRÈS TOUT ...
À QUOI ÇA SERT DE SAVOIR OÙ ILS SONT ET DE LES SUIVRE ?
IL FAUT LES LAIS-SER ...
TOUT SE PASSERA BIEN

MAISON HANTÉE
...
GRRR ...

GRRAAAAH!!
MAIS QU'EST-CE QUE JE SUIS EN TRAIN DE FAIRE ?!
ON SE FAIT LES MONTAGNES RUSSES ?!
OU UN TRUC QUI TOURBILLONNE DANS TOUS LES SENS ?!
MAIS ... ET KONATSU ?
JE M'EN FICHE DE LUI !!
C'EST SÛR QUE CE SERAIT DOMMAGE DE NE PAS EN PROFITER
MAIS D'ABORD, ON VA MANGER UN MORCEAU !
OUI, J'AI SUPER FAIM, MOI AUSSI !
TANT PIS ...
POUR KONATSU ...
KYAAA !!

MAISON HANTÉ
Sortie
KAEDE ?
SAF

SAF
HEIN ?
TAP TAP
MAIS D'OÙ SORTENT CES TYPES ?!
TAP TAP TAP

QUE VOUS EST-IL ARRIVÉ ?!
HEIN ...
Sortie
Haa
MAIS ... QU'EST-CE QUE ...
QU'EST-CE QUE TU LUI AS FAIT ?!
HEIN ?!
KONATSU !
BLA
BLA

QU'EST-CE QUE VOUS FAITES LÀ ?!
ON S'EST TÉLÉPORTÉS !
WARP!!
N'IM-PORTE QUOI !
?!
QU'EST-CE QUI S'EST PASSÉ ?!
J'EN SAIS RIEN, MOI !
TU AS VOULU ABUSER DE Mlle KAEDE EN PROFITANT DE L'OBSCURITÉ DE LA MAISON HANTÉE ?!
QUOI ?!
C'EST POUR ÇA QU'ELLE EST SORTIE EN COURANT !!
NON !!

J'AI SIMPLEMENT EU PEUR DES FANTÔMES ...
ÉVIDEM-MENT !
J'APPELLE LA POLICE !
pip
MAIS ÉCOUTE UN PEU CE QU'ELLE TE DIT !!
IL EST TRÈS DIFFICILE POUR UNE FILLE D'AVOUER QU'ELLE A ÉTÉ VICTIME D'UNE AGRESSION SEXUELLE
KONATSU EST INCAPABLE DE FAIRE CE GENRE DE CHOSES !!

NAKO ...
KONATSU ...
NE FERAIT JAMAIS UNE CHOSE PAREILLE !
COMMENT VOULEZ-VOUS QU'UNE POULE MOUILLÉE COMME LUI OSE FAIRE ÇA ?!
EH ! C'EST PAS TRÈS FLATTEUR ÇA !!
C'EST VRAI, IL N'A RIEN FAIT ...
MADE-MOISELLE ...

MA-DEMOI-SELLE ?
TU LE CONNAIS ?
OUI, DÉSOLÉE ...
CE SONT DES EMPLOYÉS DE L'ENTREPRISE DE MON PÈRE ...
UNE ENTRE-PRISE ?
POURQUOI VOUS ÊTES LÀ ?
C'EST MON PÈRE QUI VOUS L'A DEMANDÉ ?
NON !
tan
C'EST MOI ...
MADEMOISELLE KAEDE

AAAAARGH !!
C'EST LE CRÉANCIER ...
CETTE ORDURE ...
HEIN ...
JE PEUX SAVOIR LE NOM DE L'ENTREPRISE DE TON PÈRE ?
C'EST LA BANQUE NICO NICO ...
UNE SOCIÉTÉ DE FINANCEMENT

MADE-MOISELLE KAEDE ...
VOTRE PÈRE VOUS ATTEND
OH ...
MAIS JE NE PEUX PAS ...
C'EST URGENT, APPAREMMENT
snap
PRÉPAREZ LA VOITURE
OUI
HEIN ?!
NON MAIS JE RÊVE ?!

...
JE SUIS DÉSOLÉE, KONATSU
C'EST PAS GRAVE ...
ALLONS-Y
!
ATTENDEZ ...

PARDON ?
GLOUPS
IIH ...
EUH ... NON, RIEN ...
BON, EH BIEN ...
AU FAIT ...

ON SE REVOIT BIENTÔT
...

J'AURAIS JAMAIS IMAGINÉ QUE LE CRÉANCIER ...
"ON SE REVOIT BIENTÔT"
ÉTAIT UN EMPLOYÉ DE L'ENTREPRISE DU PÈRE DE KAEDE

Bye bye
À la prochaine
...
EUH ...
JE SUIS DÉSOLÉE ...
POURQUOI ?

BAH ...
QUE LE CRÉANCIER SOIT PARTI AVEC KAEDE ...
C'EST PAS TA FAUTE
SAF !
MAIS ...
ON VA TOUT FAIRE POUR T'AIDER, KONATSU !!
ALORS ...
NE BAISSE SURTOUT PAS LES BRAS !
Ha ha ha
T'ES TROP MARRANTE

...
"ON SE REVOIT BIENTÔT"
ÇA VEUT DIRE ...
QU'IL REVIENDRA CHEZ MOI RÉCLAMER LES DETTES ...
J'ESPÈRE QUE ÇA N'AURA AUCUNE INCI-DENCE SUR LA RELATION ENTRE KAEDE ET KONATSU ...
KRIII !
TAP

SAH
BONJOUR MADEMOISELLE KAEDE
BONJOUR !
PAPA N'EST PAS À L'ENTREPRISE ?
SI, IL Y EST ...
ET IL EST TRÈS OCCUPÉ
MAIS ...
ET POUR L'URGENCE ?
J'AI MENTI
PARDON ?

NOUS AVONS FAIT DES RECHERCHES SUR CE JEUNE KONATSU HAYAMI
IL ÉTAIT L'HÉRITIER DU GROUPE HAYAMI ...
MAIS MAINTENANT, IL EST SERVEUR DANS UN RESTAU-RANT AU BORD DE LA FAILLITE
QUE CE SOIT EN TANT QU'AMI OU EN TANT QU'AMOU-REUX ...
CE N'EST PAS QUELQU'UN DE FRÉQUENTABLE POUR VOUS
VOUS COMPRENEZ ?
ENCORE ?!
COMMENT ÇA ...
"ENCORE" ?
IL Y A QUELQUE TEMPS, TU M'AVAIS DÉJÀ EMBÊTÉE ...
QUAND J'ÉTAIS SORTIE AVEC UN GARÇON
NOUS NE VOUS AVIONS PAS "EMBÊTÉE" ...

... MAIS PROTÉGÉE ...
DE CE SALE PETIT PARASITE
AU FAIT ...
Snap
SAF
JE VOUS AI APPORTÉ UN CADEAU !
ASIN DE COSTUMES
COSPE
LA ROBE DE PRINCESSE VERT MELON COMME DANS BIENVENUE AU LYCÉE STRAWBERRY ♡
Voici le cos-tume ♡
TADAM

CETTE ROBE EST LA RÉPLIQUE EXACTE DE L'ORIGINALE JUSQUE DANS LES MOINDRES DÉTAILS !
ELLE EST VRAIMENT DE TOUTE BEAUTÉ ...
JE SUIS CERTAIN QU'ELLE VOUS IRA À MERVEILLE !!
SBAM
MA...
MADEMOISELLE KAEDE ...
saat
OUPS ...
JE L'AI CASSÉ

LA PROCHAINE FOIS QUE TU FAIS UNE CHOSE DE CE GENRE ...
JE TE FAIS RENVOYER
GLOUPS
MAIS SI JE FAIS TOUT ÇA, C'EST UNIQUEMENT POUR VOTRE BIEN !
JE VOUS PRIE DE ME CROIRE ...
CHOPE
SBLANG

...
J'AI LE DROIT DE CHOISIR CELUI QUE J'AIME
SI TU COMPRENDS CE QUE JE DIS, REMBALLE TON IMMONDE ROBE ET DISPARAÎT !
STAAAAA !!
OUIII !!
...

PRINCE ...
QUE POUVONS-NOUS FAIRE POUR VOUS ?
PRINCE ...
bouh ouh
OUIIIN
snif snif snif snif snif
OUIIIN
...
JE NE PERDRAI PAS !
OUI !
SAF
JE VAIS ÉCRASER ...
CETTE SALE PETITE VERMINE !!
TRÈS BIEN, PRINCE
CE QUI COMPTE ...
C'EST CE QU'ILS RES-SENTENT L'UN POUR L'AUTRE ...

4

Voilà pour le tome 2 ! Le tome 3 sera le dernier. Au fait, ce nouveau plat a été inventé par une lectrice. Merci beaucoup pour sa proposition !

À l'intérieur de cette omelette, il y a des fruits et de la chantilly ! Hi hi !

12.2008
Aya

TOUT AVAIT L'AIR DE TRÈS BIEN SE PASSER
DEPUIS QUAND VOUS NOUS ESPIONNIEZ ?!
DEPUIS LE DÉBUT
QUOI ? TU DÉCONNES ?!
ON S'EN FICHE DE ÇA. ON NE VOUS A PAS DÉRANGÉS EN PLUS ...
TU SAIS, TOUT LE MONDE S'INQUIÈTE POUR TOI, KONATSU
MAIS J'AI PAS BESOIN DE VOTRE AIDE !
OUI, C'EST VRAI ...
TU N'EN AS PAS BESOIN ...
QUE SE SERAIT-IL PASSÉ ...
SI LE CRÉANCIER N'ÉTAIT PAS INTERVENU ?

PEUT-ÊTRE QU'IL NE SERAIT PAS RENTRÉ À LA MAISON …
POS-SIBLE …
MAIS ALORS …
DEVRAIS-JE REMER-CIER LE CRÉANCIER ?
LE "RE-MERCIER" ?
MAIS RESSAISIS-TOI, NAKO ! POURQUOI VOUDRAIS-TU LE REMERCIER ?!
PAM !
EN TOUT CAS …
JE NE SERAIS JAMAIS ALLÉ AVEC ELLE AU PARC D'ATTRACTIONS SANS TON AIDE
ALORS …
JE …
TE …
RE-MERCIE …

HEIIN ?!
JE RÊVE OU TU M'AS REMERCIÉE, LÀ !!
BEN QUOI ?! J'AI PAS LE DROIT ?
SI ...
MAIS ...
MAMAN ! 'FAUT FAIRE DU RIZ AUX HARICOTS* CE SOIR !
POURQUOI ÇA ?!
* PLAT DE FÊTE.
C'EST SI SURPRENANT ...
miaou
JE NE PENSAIS PAS QUE KONATSU ME DIRAIT ÇA UN JOUR
PEUT-ÊTRE QU'UNE TEMPÊTE SE PRÉPARE ...
VROOUM
KRIIII !

BAM !
BONSOIR
Le créancier !!
QU'EST-CE QUE VOUS FAITES ICI ?!
NOUS N'AVONS PAS D'ARGENT À VOUS DONNER !!
ET TU EN ES FIÈRE EN PLUS ?
DE TOUTE FAÇON, JE LE SAIS TRÈS BIEN ...
... POURQUOI VOUS ÊTES LÀ ALORS ?

VOYONS, NE FAIS PAS CETTE TÊTE ...
JE SUIS JUSTEMENT VENU TE FAIRE UNE PROPOSITION
UNE PROPOSITION ?
EN GARDE
VOICI ...
VOTRE ACTE DE PRÊT
ACTE DE PRÊT ?
C'EST EN FAIT LA PREUVE QUE VOUS NOUS DEVEZ DE L'ARGENT ...
AH OUI ...
JE ME SUIS DIT QU'ON POUVAIT LE FAIRE DISPARAÎTRE ...
HEIN ?
OUI, NOUS POURRIONS ...
FAIRE DISPARAÎTRE CES DETTES À JAMAIS !

...
OH !! CE SERAIT POSSIBLE ?!
VOUS ME FAITES PITIÉ
EN PLUS, VOUS N'AVEZ AUCUNE CHANCE DE NOUS REM-BOURSER CET ARGENT
OOOH !!
OUAH !
MAIS C'EST QU'IL EST SYMPA, CE CRÉANCIER !!
MERCI ...
ZIOUP
CEPENDANT, AUTANT D'ARGENT ...
NE PEUT PAS DISPARAÎTRE GRATUITEMENT ...

NIERK
HEIN ?
IL NE FAUT PAS QUE KONATSU S'APPROCHE DE KAEDE ?!
MAIS POURQUOI ?!
PARCE QU'APPA-REMMENT ...
KONATSU N'EST PAS ASSEZ BIEN POUR ELLE
MAIS C'EST TERRIIIBLE !
N'EST-CE PAS ?!

C'EST VRAI QUE KONATSU N'EST PLUS AUSSI RICHE QU'AVANT ...
MAIS ÇA NE DEVRAIT AVOIR AUCUN RAPPORT AVEC L'AMOUR
HM ?
MAIS C'EST POUR QUE TU N'AIES PLUS DE DETTES ...
C'EST UNE BONNE CHOSE POUR TOI, NON ?
...
JE NE PEUX PAS FAIRE ÇA, C'EST IMPOSSIBLE ...
NON ?
POURTANT, SI ÇA CONTINUE COMME ÇA, TA FAMILLE SERA RUINÉE ...
TU VOIS ?
"TOUT EST FINI !"

"IL PARAÎT QUE KAEDE NE SUPPORTE PLUS KONATSU DEPUIS LEUR SORTIE AU PARC D'ATTRACTIONS"
HEIN ?!
TU POURRAIS ...
RACONTER QUELQUE CHOSE DANS CE GENRE, PAR EXEMPLE
JE PEUX T'AIDER À EN TROUVER D'AUTRES SI TU VEUX
CE N'EST PAS SI COMPLIQUÉ, NON ?
ET ALORS, QU'EST-CE QUE TU VAS FAIRE, NAKO ?
TU LUI AS DIT QUOI ?
RIEN POUR L'INSTANT ...
...

C'EST QUOI CES MESSES BASSES ?
GLOOOUPS
JE PARIE QUE VOUS ÊTES ENCORE EN TRAIN DE MIJOTER UN TRUC DÉBILE …
NON !
C'EST RIEN !
ON PARLAIT DE PEG QUI A MANGÉ TRENTE-CINQ GÂTEAUX D'AFFILÉE !!
N'IMPORTE QUOI …
MON RECORD EST DE QUARANTE-DEUX
QUARANTE-DEUX …
TU N'AS JAMAIS PENSÉ À FAIRE UN RÉGIME …
HM ?
UN RÉ-GIII…
…IIIME ?

RHAAAAAAA
POURQUOI N'AURAIS-JE PAS LE DROIT DE MANGER CE QUE JE VEUX ?!
SI J'AI FAIM, JE MANGE !!
QU'EST-CE QUE ÇA PEUT BIEN TE FAIRE DE SAVOIR CE QUE JE MANGE ?!
QU'EST-CE QUI LUI ARRIVE ?!
ELLE NE SUPPORTE PAS QU'ON LUI PARLE DE "RÉGIME"
Peg
QUE FAUT-IL QUE JE FASSE ?
NOUS SOMMES ENCORE UNE FOIS DANS LE ROUGE, CE MOIS-CI
Haa...
Haa...
EST-CE QU'ON AUGMENTE LES PRIX ?
NOS CLIENTS RISQUENT DE NE PAS AP-PRÉCIER ...
C'EST VRAI ...

ON POURRAIT RÉDUIRE NOS DÉPENSES ...
...
MINCE ...
ON EST VRAIMENT EN GALÈRE ...
SI J'EMPÊCHE KONATSU ET KAEDE DE SE VOIR ...
ON SERA LIBRES
SI J'EMPÊCHE KONATSU ET KAEDE DE SE VOIR !!

...
QU'EST-CE QUE TU VEUX ?
JE PEUX T'ÉCOUTER JOUER ?
OUI ...
LA GUITARE QUE KAEDE LUI A OFFERTE ...
C'EST POUR ELLE QU'IL A COMMENCÉ À EN JOUER ...

ZWIITT
EH ! DÉPRIME PAS ALORS QUE JE SUIS EN TRAIN DE JOUER !!
PARDON ...
JE SUIS ÉMUE, C'EST TOUT !
JE TE CROIS PAS
MAIS SI !
TU PEUX JOUER LA CHANSON QUE TU AS JOUÉE PENDANT LE *HANAMI* ?
JE NE PEUX PAS ...
JE N'AI PAS LE DROIT DE FAIRE ÇA ...

Aaah Aaah UhA
N'EMPÊCHE ... IL EST VRAIMENT MAUVAIS ...
Haaa
"RESSAISIS-TOI !!"
"C'EST VRAI QUE TU FINIS SOUVENT PAR FAIRE DES BÊTISES ...
MAIS À LA BASE, ÇA PART TOUJOURS D'UNE BONNE INTENTION"

MA FAMILLE EST IMPORTANTE ...
MAIS KONATSU L'EST ÉGALEMENT

ZZZ...
EH ! T'ABUSES GRAVE !!
Grumf
J'AIMERAIS ...
QUE KONATSU SOIT HEUREUX

Salut
Bye bye
Haa
NAKO !
SHUN ?
QU'EST-CE QU'IL Y A ?
PAR LA FENÊTRE, JE ...
J'AI VU LE CRÉANCIER !!
QUOI ?!
bla
bla
bla

CE COSTUME SERA PRÊT LE MOIS PROCHAIN
VRAIMENT ?!
EH !!
Haa
Haa
QU'EST-CE QUE VOUS FAITES LÀ ?!
TIENS DONC ...
ON DIRAIT MISS CHANTILLY
EH BIEN ...
JE SUIS VENU POUR CONNAÎTRE TA RÉPONSE ...
AFIN DE RÉGLER TOUT ÇA UNE BONNE FOIS POUR TOUTES

HORS DE QUESTION !
HEIN ?
POUR VOTRE PROPOSITION DE L'AUTRE JOUR ...
JE REFUSE DE FAIRE QUOI QUE CE SOIT QUI NUIRAIT À KONATSU ET KAEDE
TU ES SÉRIEUSE ?
OUI !
ÇA NE TE DÉRANGE PAS QUE TOI ET TOUTE TA FAMILLE DE-VENIEZ S.D.F. ?

JE REMBOURSERAI... LES DETTES MOI-MÊME !!
HU...
MUHA HA HA ! TOI-MÊME ?!
ON T'A JAMAIS DIT QUE T'ÉTAIS COMPLÈTEMENT STUPIDE ?!
SI ! TOUT LE TEMPS !!
MAIS KONATSU AIME KAEDE !
ET PERSONNE N'A LE DROIT DE L'EN EMPÊCHER !
SNAP

EN PAR-LANT DE KONATSU ...
NOUS AVONS FAIT QUELQUES RECHERCHES SUR LUI ...
IL A UNE SACRÉE RÉPUTATION, DIS DONC !
HM ?
IL SERAIT DU GENRE VIOLENT ...
ET SORT AVEC HUIT FILLES EN MÊME TEMPS. IL AURAIT MÊME DES RELATIONS AVEC LA MAFIA
EN TOUT CAS, C'EST CE QUE TOUT LE MONDE PENSE DE LUI ...
C'EST ...
C'EST FAUX !!

TU NE CROIS PAS QUE SA SULFUREUSE RÉPUTATION ...
RISQUE D'ENTACHER CELLE DE Mlle KAEDE ?
...
Je te remercie

KONATSU EST QUELQU'UN DE BIEN !
C'EST VRAI QUE PARFOIS IL SE COMPORTE MAL, MAIS ...
MAIS ...

... MOÏ JE L'AIME !
... HEIN ?
EUH
AH !
MAIS QU'EST-CE QUE JE RACONTE ?!
JE NE TE COMPRENDS PAS VRAIMENT ...

QUOI !!
SI TU L'AIMES, TU DEVRAIS JUSTEMENT ÊTRE CONTENTE DE LES SÉPARER
ET EN PLUS, TA FAMILLE N'AURAIT PLUS DE DETTES ...
BEN NON, J'VEUX PAS ...
POURQUOI ?
C'EST SÛR QUE SI ON N'A PLUS DE DETTES, CE SERAIT UN GRAND SOULAGEMENT, MAIS ...
JE M'EN VOUDRAIS DE LES AVOIR SÉPARÉS POUR ÇA ...

ET PUIS ...
ÇA NE VEUT PAS DIRE QUE KONATSU CESSERA D'AIMER KAEDE ...
...
...
CE TYPE N'EST PAS DIGNE DE Mlle KAEDE !
DE TOUTE FAÇON, JE ME FICHE COMPLÈTEMENT DE TON AVIS !!
EN FAIT ...

IL SUFFIT JUSTE DE VOUS MONTRER QUE KONATSU EST QUELQU'UN DE BIEN ?!
S'IL SE MONTRE DIGNE DE KAEDE ...
VOUS LES LAISSEREZ TRANQUILLES ?!
...
CELA VA DE SOI ...
...
TRÈS BIEN ...

DANS CE CAS, JE VOUS LE PROUVERAI !
J'AI L'IMPRESSION DE FAIRE ENCORE N'IMPORTE QUOI ...
TU ES VRAIMENT IDIOTE, EN FAIT ...
OUI, ET ALORS ?
MAIS IL FAUT QUE JE LE FASSE

psst
psst
BAM!

QU'EST-CE T'AS ...
KONATSU ...

TRANS-FORME-TOI EN PRINCE CHARMANT QUE TOUT LE MONDE AIME !
HEIN ?
SI JE DOIS AVOIR DES REGRETS ...
CE SERA POUR PLUS TARD !
À SUIVRE...

LA FOLIE DE KAEDE !
QUOI ?!
JE T'EN PRIE, KONATSU ...
EMMÈNE-MOI QUELQUE PART LOIN D'ICI
QUEL CHOIX...
POUR KONATSU ?!
POURQUOI NAKO PLEURE-T-ELLE ?!

HEIN ? J'AI L'IMPRESSION D'AVOIR DÉJÀ VU CETTE DAME ...
JE VOUS AI ENFIN RETROUVÉS ...
LA PETITE PESTE ET MON IMBÉCILE DE FILS !
DÉCOUVREZ LE DÉNOUEMENT DE L'HISTOIRE DANS
COURAGE Nako! 3
BIENTÔT DISPONIBLE !!
MAIS POURQUOI KONATSU FAIT-IL DU COSPLAY ?!
VOUS PRENDREZ BIEN UN PEU DE THÉ ?
plo plo plo plo

AYUMI KOMURA
J'aime les sushis
Cœur à prendre... avec des baguettes !
J'aime les sushis, le shôjo à dévorer
Dès le 15 septembre
AKATA
MIX VEGETABLE © 2005 by Ayumi Komura / SHUEISHA Inc.
DELCOURT
WWW.EDITIONS-DELCOURT.FR

NANA
mobile
book
AI YAZAWA
DELCOURT

SWITCH GIRL!!

La vie n'est pas facile pour Nika, car comment être une lycéenne charismatique et adulée, quand on a plutôt tendance à se sentir à l'aise en jogging et culotte trouée et à laisser ses poils pousser là où ils veulent ?! Simple : mener une double vie, alterner le mode « *on* » super cool en public et le mode « *off* » du laisser-aller en privé. Malheureusement, Arata, un nouvel élève plein de mystères, a découvert son secret ! Mais Arata aussi a des choses à cacher, entre autres le fait qu'il est très mignon sous ses lunettes. Arata et Nika concluent donc un pacte... *Switch Girl!!* est un excellent *shôjo* humoristique : succès et fous rires garantis !

***SWITCH GIRL!!* de Natsumi Aida**
Série en cours ; 192 à 224 pages n&b.

STYLÉE ou DÉBRAILLÉE ?
Êtes-vous une
SWITCH GIRL!!
NATSUMI AIDA
ANEKO
OFF
ON
SWITCH GIRL!! © 2006 by Natsumi Aida / SHUEISHA Inc.
Volume 9
en librairie
le 15 septembre.
DELCOURT
WWW.EDITIONS-DELCOURT.FR
AKATA
akata.fr

PUZZLE

Imaginez une jeune fille se sentant coupable de la mort d'un de ses amis, et un garçon qui n'arrive pas à oublier ce terrible accident survenu quand il n'était qu'un enfant. Ils ne se connaissent pas encore, mais pourtant... À travers le regard de leur entourage, et à différentes époques de leurs vies, découvrez dans ce *shôjo* manga construit comme un véritable puzzle, les destins entremêlés de ces jeunes en quête d'identité.

***Puzzle* de Ryô Ikuemi**

Série en cours ; 192 pages n&b.

ILS NE SE CONNAISSENT PAS…
POURTANT LEUR AMOUR EST SCELLÉ POUR LA VIE.
PUZZLE
RYÔ IKUEMI
KIYOKU YAWAKU © 2004 by Ryo Ikuemi / SHUEISHA Inc. Couvertures non définitives.
AKATA
DELCOURT
WWW.EDITIONS-DELCOURT.FR
DÉCOUVREZ LES TROIS PREMIERS VOLUMES
ET RECOMPOSEZ LE PUZZLE DÈS LE 18 AOÛT

LOLLIPOP

Ce manga dans la plus pure tradition *shôjo*, raconte l'histoire de Madoka, une lycéenne comme les autres, aux parents un peu ringards. Or, un jour, ces derniers gagnent cent millions de yens à la loterie et partent reprendre leurs études dans leur campagne natale pour devenir médecin. La jeune lycéenne doit alors vivre chez Mme Asagi, une femme froide et distante qui l'installe dans la cabane du jardin. Pour ne rien arranger, le fils de la famille, encore collégien mais amoureux, lui rend visite en secret...
Entre lycée, amour et petits boulots, Madoka devra trouver un nouvel équilibre !

***Lollipop* de Ricaco Iketani**
Série en cours ; 192 pages n&b.

Il était une fois
la Cendrillon
des temps modernes...
LOLLIPOP
RICACO IKETANI
LOLLIPOP
RICACO IKETANI
EDITIONS DELCOURT
SÉRIE COMPLÈTE EN 7 VOLUMES
DISPONIBLES EN LIBRAIRIE
DELCOURT
WWW.EDITIONS-DELCOURT.FR
AKATA
akata.fr
*magazine de prépublication édité par Shueisha
BITO LOLLIPOP © 2006 by Ricaco Iketani / SHUEISHA Inc.
TRAIT POUR TRAIT

SIMPLE COMME L'AMOUR

Soyo Migita habite dans un petit village de campagne dont l'école ne compte pas plus de six élèves. En seconde année de collège, elle est l'aînée d'entre eux. Un jour, le joyeux quotidien de ce groupe d'enfants est perturbé par l'annonce de l'arrivée d'un nouvel élève ! Au début les choses se passent mal : Hiromi Ôsawa, le nouveau au franc-parler venu de Tokyo, est un garçon prétentieux à la critique facile et que rien ne semble satisfaire. Pourtant, un étrange sentiment commence à naître chez Soyo... Des baisers volés et une expédition mémorable en bord de mer vont alors tout changer...

***Simple comme l'amour* de Fusako Kuramochi**

Série complète en 14 volumes ; de 192 à 256 pages n&b.

Rencontre, attirance, jalousie...
... un nouveau shôjo
Simple comme l'amour
Tome 4 à paraître
le 18 août 2010
en librairie
Simple comme l'amour
FUSAKO KURAMOCHI
AKATA
akata.fr
DELCOURT
WWW.EDITIONS-DELCOURT.FR
trait pour trait • TENNEN KOKEKKO © 1994 by Fusako Kuramochi / SHUEISHA Inc.

Un style résolument branché, des personnages hauts en couleur, un parfait dosage de sentiments et d'humour : *Lovely Complex* a tout pour devenir le prochain *shôjo* incontournable ! Risa, une grande perche, et Atsushi, haut comme trois pommes, sont les comiques involontaires du lycée à cause de leurs disputes légendaires. Tous deux complexés par leur taille, ils ont peur de ne jamais trouver l'amour... Et en font forcément des tonnes pour faire oublier leur mal-être ! Amour, rires et complexes : voilà le point de départ du *shôjo* le plus enthousiasmant du moment !

***Lovely Complex* d'Aya Nakahara**
Série complète en 17 volumes ; 192 pages n&b.

First published in Japan in 2008 by SHUEISHA Inc., Tokyo.
French translation rights in France, French-speaking Belgium, Luxembourg, Switzerland and Canada arranged by SHUEISHA Inc through VIZ Media Europe, SARL, France.
Supervision éditoriale : Akata

Dépôt légal : août 2010. I.S.B.N. : 978-2-7560-2171-3
Première édition

Traduction : Stéphane Peschard
Adaptation : Éléonore Cribelier
Adaptation graphique : Erwan Charlès et Myriam Lescop
Conception graphique : Trait pour Trait

Imprimé et relié en juillet 2010
Par CPI Aubin Imprimeur, à Ligugé.

www.akata.fr
www.editions-delcourt.fr